Nino

Dany

Dodi

First Spanish language edition published in the United States in 2001 by Ediciones Norte-Sur,
an imprint of Nord-Süd Verlag AG, Gossau Zürich, Switzerland.
Spanish edition supervised by SUR Editorial Group, Inc.

Library of Congress Cataloging-in-Publication Data is available.

ISBN 0-7358-1493-7 (Spanish paperback) 10 9 8 7 6 5 4 3 2 1
ISBN 0-7358-1492-9 (Spanish hardcover) 10 9 8 7 6 5 4 3 2 1
Printed in Belgium

Si desea más información sobre este libro o sobre otras
publicaciones de Ediciones Norte-Sur, visite nuestra página
en el World Wide Web: www.northsouth.com

# ¿Qué te pasa, Dany?

Brigitte Weninger
Ilustrado por Eve Tharlet

Traducido por Elena Moro

UN LIBRO MICHAEL NEUGEBAUER

EDICIONES NORTE-SUR / NEW YORK / LONDON

Dany quería mucho a Nino, su conejito de peluche. Nino tenía orejas puntiagudas, patas largas y un cuerpo redondito. Dany lo llevaba a todas partes. Dormían juntos por la noche y jugaban todo el día. Chapoteaban en el río, se divertían en su escondite secreto del bosque y jugaban con los barquitos en la charca. Cuando era hora de volver a casa, Dany guardaba a Nino en su capucha y volvía brincando a la madriguera.

Un día, al llegar a su casa, Dany se llevó un susto tremendo:
¡Nino no estaba en su capucha!

—Nino se ha caído por el camino —le dijo Dany a su mamá—.
Tengo que ir a buscarlo.

—Muy bien, pero no tardes —dijo Mamá—. Es casi hora de
cenar. Dodi irá contigo y te ayudará a buscarlo.

Dany y Dodi miraron entre
los juncos a la orilla del río.
Buscaron en el bosque y
en el camino, pero
no encontraron ni
rastro de Nino.

—¡Oh, no! —suspiró Dany—.
¿Dónde puede estar?
—Vamos, Dany —dijo Dodi—. Se está
haciendo de noche. Vámonos a casa.
Ya encontraremos a Nino por la mañana.

Mamá había hecho una gran olla de sopa de verduras.
Estaba deliciosa y todos comieron dos platos.
Todos menos Dany, que no tenía hambre.
—¿Qué te pasa, Dany? —preguntó Mamá—.
Creí que te gustaba la sopa de verduras.
—¿Cómo voy a comer si Nino está perdido
y solo en la oscuridad? —dijo Dany.

Dany no podía dormir. Daba vueltas y más vueltas en la cama.

—¿Qué te pasa, Dany? —susurró Dino, su hermano mayor.

—No puedo dejar de pensar en Nino.

—No te preocupes —dijo Dino—. Mañana te ayudaré a buscarlo.

—Toma, Dany, para que no duermas solo esta noche —dijo Dori mientras le daba su muñeca.

—Muchas gracias —dijo Dany. Se acurrucó debajo de la manta y abrazó a la muñeca, pero seguía sin poder dormir.

En medio de la noche, Dany entró sin hacer ruido a la habitación de sus papás.

—Mamá —dijo Dany sollozando—. ¿Y si nunca encuentro a Nino?

Mamá Coneja lo abrazó hasta que dejó de llorar y le dijo:

—Mañana te ayudaremos a buscar a Nino. Estoy segura de que lo vamos a encontrar.

Por la mañana toda la familia salió a buscar a Nino. Buscaron por todas partes, pero no encontraron ningún rastro del conejito.
"Pobre Dany" pensó Mamá. Regresó brincando a la madriguera y sacó su costurero.

Cuando Dany llegó a casa, triste y cansado, su mamá lo llamó.

—Tengo algo para ti —dijo—. Tiene orejas puntiagudas, patas largas y un cuerpo redondito.

—¡Nino! —gritó Dany—. ¡Encontraste a Nino!

—No Dany, lo siento pero no es Nino. Te hice un conejito de peluche nuevo.

Mamá le dio el conejito a Dany.

—Toma, ¿te gusta?

—Sí, Mamá. Muchas gracias —dijo Dany muy bajito, dándole un beso a su mamá.

Dany se metió en la cama con su conejito nuevo.

Era del mismo tamaño que Nino.

Era suave y blandito como Nino.

Estaba limpio como Nino cuando era nuevo.

Pero no era Nino.

"Quizá me encariñe poco a poco" pensó Dany.

Recostó a su nuevo conejito en la almohada, suspiró y se durmió.

Pasaron los días y Dany finalmente dejó de buscar a Nino.
Un día fue a jugar a su escondite secreto del bosque con su
conejito nuevo. Era un día hermoso, brillaba el sol y en lo alto
de un árbol cantaba un pájaro. Cantaba tan bien que Dany
miró hacia arriba para ver si lo veía, pero vio… ¡algo azul!

Era Nino, atrapado en una rama del árbol.

—¡Nino! —gritó Dany—. ¿Qué haces ahí arriba?

Dany se estiró y con cuidado bajó a Nino del árbol.

Lo abrazó muy fuerte.

—Nino, mi Nino —susurró Dany, y regresó corriendo a casa.

Esa noche, Dany fue a hablar con su mamá.

—He pensado un nombre para mi conejito nuevo —dijo—. Se llamará Tino.

—Muy bonito —dijo su mamá—. Nino y Tino.

Dany miró pensativo a los dos conejitos.

—¿Sabes, Mamá? —dijo—. Sé que tengo mucha suerte por tener dos conejitos, pero quiero a uno más que al otro.

Mamá sonrió.

Dany se acercó a la cuna de su hermanita
Dina, que manoteaba en el aire.
—Toma Dina, se llama Tino —le dijo—. Es para ti.

—Espero que lo quieras tanto como yo quiero a Nino.
Dany le dio un beso de buenas noches a Dina y se fue saltando a la cama.
Se acurrucó junto a Nino y se quedó profundamente dormido.